DE GRANDE QUIERO SER... FELIZ

6 cuentos cortos para potenciar la positividad y autoestima de los niños

Anna Morató García
Ilustraciones de Eva Rami

ALFAGUARA

El papel utilizado para la impresión de este libro ha sido fabricado a partir de madera procedente de bosques y plantaciones gestionadas con los más altos estándares ambientales, garantizando una explotación de los recursos sostenible con el medio ambiente y beneficiosa para las personas.

De grande quiero ser feliz
Seis cuentos cortos para potenciar la positividad y autoestima de los niños

Primera edición en España: mayo, 2018
Primera edición en México: marzo, 2019
Primera reimpresión: agosto, 2019
Segunda reimpresión: diciembre, 2019
Tercera reimpresión: febrero, 2020
Cuarta reimpresión: julio, 2020
Quinta reimpresión: septiembre, 2020
Sexta reimpresión: febrero, 2021
Séptima reimpresión: junio, 2021
Octava reimpresión: enero, 2022
Novena reimpresión: abril, 2022
Décima reimpresión: septiembre, 2022

D. R. © 2017, Anna Morató García
Originalmente autopublicado en septiembre de 2017

D. R. © 2018, Penguin Random House Grupo Editorial, S. A. U.
Travessera de Gràcia 47-49, 08021, Barcelona

D. R. © 2022, derechos de edición mundiales en lengua castellana:
Penguin Random House Grupo Editorial, S. A. de C. V.
Blvd. Miguel de Cervantes Saavedra núm. 301, 1er piso,
colonia Granada, alcaldía Miguel Hidalgo, C. P. 11520,
Ciudad de México

penguinlibros.com

D. R. © 2017, Eva Rami, por las ilustraciones
D. R. © 1995, The Nemours Foundation / KidsHealth®, por la cita de p. 119

Penguin Random House Grupo Editorial apoya la protección del *copyright*.
El *copyright* estimula la creatividad, defiende la diversidad en el ámbito de las ideas y el conocimiento, promueve la libre expresión y favorece una cultura viva. Gracias por comprar una edición autorizada de este libro y por respetar las leyes del Derecho de Autor y *copyright*. Al hacerlo está respaldando a los autores y permitiendo que PRHGE continúe publicando libros para todos los lectores.

Queda prohibido bajo las sanciones establecidas por las leyes escanear, reproducir total o parcialmente esta obra por cualquier medio o procedimiento así como la distribución de ejemplares mediante alquiler o préstamo público sin previa autorización.
Si necesita fotocopiar o escanear algún fragmento de esta obra diríjase a CemPro
(Centro Mexicano de Protección y Fomento de los Derechos de Autor, https://cempro.com.mx).

ISBN: 978-607-317-722-1

Impreso en México – *Printed in Mexico*

¡GRACIAS!

A mis 3 hijos.
A mis padres.
A mis hermanos.
A mi marido.

PRÓLOGO

Si le preguntamos a nuestros hijos...

¿Qué quieres ser de grande?

Seguramente nos responderán:

astronauta, policía, bailarina, bombero, futbolista, médico…

PERO

deberíamos querer que también nos contesten…

Feliz

¿Qué padre no quiere que su hijo sea **FELIZ**, ahora y de grande?

Pero primero debemos preguntarnos a nosotros mismos:

¿Qué significa exactamente **SER FELIZ?**

SER FELIZ

NO ES:
- Encontrar la pareja ideal.
- Encontrar el trabajo ideal.
- Tener el sueldo ideal.

SÍ ES:

1. Estar **contento** con lo que uno tiene.
2. Tener metas y confianza en uno mismo para **mejorar y prosperar**.
3. Cuando surgen problemas y dificultades, afrontarlos con optimismo y confianza.
4. Saber tolerar la frustración.
5. Sentirse bien con uno mismo (autoestima alta).
6. Tener una actitud positiva ante la vida.

La felicidad **NO** es estar contento
si las cosas son como quiero
y, de lo contrario, dejar de estarlo.

La felicidad es cómo nosotros
DECIDIMOS REACCIONAR
ante **las cosas que nos pasan**.

 La felicidad **NO** es un **DESTINO**.

(Seré feliz cuando consiga el trabajo que quiero, seré feliz cuando adelgace, seré feliz cuando consiga..., etcétera.)

 La felicidad es cómo hacemos el **CAMINO** de la vida.
Ser feliz es una **DECISIÓN**.
Es la suma de muchas decisiones diarias.
Es la **ACTITUD** con la que hacemos el **CAMINO**.
Es hacer el **CAMINO** con…
una mentalidad positiva y unos hábitos positivos.

¿Y ser positivo

se **NACE**, o se **HACE**?

Al igual que aprendemos tantas cosas a lo largo de nuestra vida, como a leer, escribir, sumar, etc., también podemos/debemos

APRENDER a ser FELICES.

De esta forma, cuando inevitablemente nos tropecemos con piedras en el camino, sabremos apartarlas/caminar encima de ellas, incluso hacerlas desaparecer, en vez de lamentarnos sin poder avanzar.

Ante cualquier problema podemos adoptar dos **ACTITUDES** distintas. Tendremos que **DECIDIR** entre:

1. Lamentarnos y/o culpar a otros.

2. Afrontar la dificultad.

La primera opción es la más fácil, pero no nos llevará a ser felices porque nos coloca en la posición de víctimas.

Sin embargo, la segunda opción es la única que nos lleva a buscar una solución, alternativa o ayuda. Afrontar los problemas es la forma de atribuirse a uno mismo la capacidad de poder resolverlos y con ello tomar las riendas de nuestra propia vida.

Nuestros hijos deben entender que de ellos depende estar contentos, pues al final cómo reaccionan ante diferentes situaciones es **SU DECISIÓN**.

Estar contentos cuando todo va bien no conlleva ningún tipo de esfuerzo ni mérito; sin embargo, aprender a enfrentar el problema para buscar una solución, sí.

EL HÁBITO DE ESCOGER LA OPCIÓN DE AFRONTAR LOS PROBLEMAS SE LO PODEMOS INCULCAR A LOS NIÑOS DESDE MUY PEQUEÑITOS.

Podemos enseñarles que somos nosotros mismos los que decidimos con qué actitud nos levantamos cada mañana y cómo empezamos el día.

¿Y CÓMO?

¡Con nuestro ejemplo! Los niños aprenden por imitación.

Pero además podemos utilizar una herramienta que les encanta: **los cuentos**.

En este libro hay
6 cuentos cortos
sobre 6 conceptos importantes para ser feliz.

Para que vayan **aprendiendo a ser FELICES** desde muy pequeñitos.

6 CUENTOS · 6 CONCEPTOS

1. La mochila invisible
CUENTO SOBRE EL LENGUAJE POSITIVO 17

2. Como la trucha al trucho
CUENTO SOBRE QUERERSE A UNO MISMO 37

3. Zapatitos mágicos
CUENTO SOBRE LA EMPATÍA 55

4. El hada de la suerte
CUENTO SOBRE EL AGRADECIMIENTO 71

5. Rayos de sol
CUENTO SOBRE LA CONFIANZA EN UNO MISMO 85

6. La pelota roja
CUENTO SOBRE LA FRUSTRACIÓN 99

Estos cuentos los escribí para mis tres hijos.

De esta forma, intenté explicarles estos seis valores. Valores que me inculcaron mis padres y que han sido clave en mi propio camino.

Mi intención fue hacerlos divertidos y amenos, utilizando metáforas visuales y enfatizando la importancia de incorporarlos en nuestra rutina. Espero que les ayuden a ustedes y disfruten leyéndolos con sus hijos.

6 cuentos cortos para ser positivos

1. LENGUAJE POSITIVO

Conceptos a transmitir

EL LENGUAJE POSITIVO. Entender bien el **PODER** de las **PALABRAS**. Las palabras pueden hacer más daño incluso que una bofetada. Y tan importante es que nosotros utilicemos un lenguaje positivo como que los demás lo empleen también con nosotros.

EMPODERAMIENTO. El empoderamiento es el proceso por el cual se aumenta la fortaleza y el poder del individuo con el fin de impulsar cambios beneficiosos para él, al desarrollar la confianza en sus propias capacidades y acciones. Queremos que nuestros hijos comprendan que **ELLOS** son los que **DECIDEN** su estado de ánimo. La felicidad **NO VIENE DEFINIDA** por las cosas que nos pasan (estoy contento si las cosas son como quiero, no estoy contento si no son como quiero), sino que nuestra felicidad dependerá de cómo **NOSOTROS DECIDIMOS REACCIONAR** a las cosas que nos suceden. Por eso hay que resaltar la importancia de utilizar un lenguaje positivo y que nuestros hijos sepan que no deben tolerar que alguien emplee un lenguaje negativo con ellos.

DEFENDERSE. Nuestros hijos deben tener claro que nadie tiene derecho a hacerlos sentir mal. Y que, cuando ocurre, hay que evitar que sientan que son la víctima, que no pueden hacer nada, que lo tienen que «aguantar». Hay que animarlos a que lo cuenten porque sólo así podrán buscar ayuda o soluciones y evitar que vuelva a suceder.

La mochila invisible

CUENTO SOBRE EL
LENGUAJE POSITIVO

Pedro y María tienen una tía que siempre está muy contenta.
Ella sonríe y ríe mucho, siempre está de buen humor.
A Pedro y María les gusta mucho estar con ella.

Una tarde, su tía Eva les hizo una pregunta que les pareció un poco rara...

—¿Ustedes sabían que todos tenemos una mochila invisible en la cabeza?

María y Pedro se empezaron a reír.

—Una mochila invisible —repitieron—. En nuestra cabeza y no en nuestra espalda, ja, ja, ¿y para qué sirve?

Su tía les explicó que «es una mochila especial que **NO** se llena de cosas, ni de juguetes, ni de ropa, ni de libros…».

—La mochila invisible se llena de
¡palabras!

—Pero si las palabras son invisibles —dijo Pedro.
—¡Sí, como la mochila! —le dijo María.

A lo que su tía les explicó:
—Sólo porque son invisibles no significa que no existan. El aire que respiramos es invisible, pero sabemos que existe. Pues ocurre lo mismo con la mochila y las palabras: ¡aunque no las vemos, existen y tienen poder!

Cuando las **PALABRAS** son **POSITIVAS**,
se transforman en **BURBUJAS DE JABÓN**,
porque las palabras positivas
te hacen sentir bien y ligero,
haciendo que tu corazón
esté contento.

—¿Y qué son palabras **POSITIVAS**? —preguntó María.

Palabras bonitas, palabras divertidas, palabras que hacen sonreír, reír y que nos hacen sentir bien.

—Por ejemplo, si le dices a una amiga algo bonito como «me gusta tu dibujo», tu mochila y la suya se llenan de burbujas de jabón y eso las hace sentir bien a las dos.

En cambio, cuando las **PALABRAS** son **NEGATIVAS**, se transforman en **PIEDRAS**, porque las palabras negativas son muy pesadas y te hacen sentir mal, haciendo que tu corazón esté triste o enfadado.

—¿Y qué son palabras **NEGATIVAS**? —preguntó Pedro.

Palabras feas, insultos, groserías, palabras que hacen daño.

—Si a otra persona le dices «eres tonta», tanto tu mochila como la suya se llenan de piedras muy pesadas.

Porque las palabras feas hacen daño.
Las palabras, aunque sean invisibles, tienen poder.

¿Alguna vez les han dicho algo bonito, que los hizo sentir bien, igual que si les dieran un abrazo? **BURBUJAS DE JABÓN**.
¿Y alguna vez alguien les ha dicho algo feo que les dolió más que si les hubieran dado una patada? **PIEDRAS**.

Ustedes son quienes deciden qué palabras utilizar. ¿Qué van a meter en su mochila y en la de los demás? ¿Burbujas de jabón o piedras?
—¡Burbujas! ¡Burbujas! —respondieron rápidamente los dos.

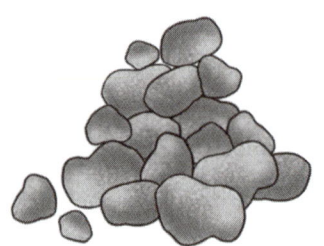

—¿Pero qué pasa si alguien te dice o te hace algo feo y tu mochila se llena de piedras haciéndote sentir **MAL**? —me preguntarán.

1. En ese caso, lo **PRIMERO** es intentar **NO** escucharlo.
Sobre todo, no te creas esas palabras feas. Le puedes decir a esa persona: «No te escucho» o «No te oigo» o «No me importa».

2. Lo segundo: para que esas piedras no entren en tu mochila, ¡te das la vuelta y te **MARCHAS**!

3. ¿Adónde? A buscar a otro amigo, o a jugar a otro juego, o a hacer algo más divertido.

Es importante que nadie meta piedras en **TU** mochila.

Pero si te sientes mal porque las piedras entraron en tu mochila y notas que te pesan mucho por algo malo que te pasó o te hicieron o dijeron, en ese caso…

NO te quedes triste y solo.

NO te quedes mucho rato enfadado ni grites a quien no te ha hecho nada.

—¿Entonces cómo sacamos esas piedras de nuestra mochila? —preguntaron los dos.

¡CONTÁNDOLO!

Las piedras salen de tu boca en forma de palabras.

Hoy un niño me dijo...

Igual que las palabras negativas se transforman en piedras al entrar en tu mochila, cuando se lo cuentas a alguien, esas piedras se vuelven a transformar en palabras y así es como salen de tu mochila.

¿Y a QUIÉN hay que contárselo?

Ustedes deciden: a mamá y papá, a su profesora, a mí.
A alguien con quien se sientan cómodos para poder explicarle lo que les molesta y cómo se sienten.

Es muy importante buscar a alguien que pueda **AYUDARLOS** para que no les sigan metiendo más piedras en su mochila.

Pedro y María, es importante que recuerden que las **PALABRAS** se transforman siempre mágicamente en burbujas de jabón o en piedras.

Si quieren burbujas de jabón y sentirse bien, hay que decir palabras positivas y **NO** dejar que metan piedras en su mochila invisible, pero si entran, sepan que hay que vaciarla **¡contándolo!**

¿Tú qué prefieres: piedras o burbujas de jabón?
Es tu mochila invisible, así que **TÚ DECIDES**.

FIN

2. QUERERSE A UNO MISMO

Conceptos a transmitir

AUTOESTIMA POSITIVA. Tener una autoestima positiva es clave para el desarrollo correcto del niño. Es importante que le vayamos señalando lo bien que uno se siente cuando **está orgulloso de sí mismo**.

DEFENDERSE. Nuestros hijos deben saber que nadie tiene derecho a hacerlos sentir mal. Y que, si ocurre, deben saber cómo reaccionar para que no les vuelva a pasar.

CÓMO ACABAMOS EL DÍA. La importancia de irse a dormir con pensamientos positivos.

AUTO-IMAGEN. Recordar que la imagen que nuestros hijos tienen sobre ellos mismos está muy influenciada por cómo nosotros decimos que los vemos.

Como la trucha al trucho

CUENTO SOBRE
QUERERSE A UNO MISMO

Una tarde lluviosa, Marta y Javier, hermanos mellizos, se habían cansado de jugar con todos sus juguetes y fueron a preguntarle a su mamá qué podían hacer.

—¿Qué tal si jugamos a un juego nuevo? —les dijo su mamá.
—¡Sí! ¡Sí! —exclamaron los dos—. ¿Cuál?
—El juego de **YO QUIERO A**...
—¿Y cómo se juega a eso? —le respondieron.

—Hay que decir el nombre de todas las personas a las que quieres.
—¡Muy bien! —gritó Marta—. ¡Empiezo yo! Yo quiero a mamá y a papá.
—¡Sí, sí! —gritó también Javier—. Yo quiero a mamá y a papá mucho.
—¡Sííí! —respondió su mamá devolviéndoles el abrazo— mamá y papá también los quieren mucho mucho,

COMO LA TRUCHA AL TRUCHO.

—Y yo quiero a la tía Pepi —añadió Marta.
—Y yo al primo Quique y a la abuela Gema —dijo Javier.
—Y también a los abuelos Manolo y Marta —apuntaron los dos—. Y al perrito Dret.

—Y todos ellos los quieren a ustedes muchísimo.

Pero se les olvida una persona muy muy importante.

—**¿Quién? ¿Quién?** —preguntaron Marta y Javier.

—**Tú, Marta, y tú, Javier** —exclamó su mamá, señalándolos—. Cada uno de ustedes son también muy importantes en esta familia y se tienen que querer a ustedes mismos igual que quieren a todos los demás.

—¿Cómo lo hacemos, mamá? ¿Nos abrazamos a nosotros mismos? —preguntó Javier riéndose.
—Pues sí —respondió su madre—. Fuerte, fuerte, ¡como cuando me abrazan a mí!

—Se tienen que querer mucho, mucho, **COMO LA TRUCHA AL TRUCHO**.

Pero además de abrazarse hay otras formas de quererse a uno mismo.

—¿Ah, sí? ¿Cómo? —preguntó Marta.

1. La primera es: gustarte a ti mismo tal y como eres.

Todos somos diferentes. Da igual si eres rubio
o moreno, alto o bajo, grande, pequeño, flaco o gordo,
tu cuerpo es como es porque es perfecto para ti,
¡y nadie lo tiene igual que tú!

2 La segunda es: cuidar bien de tu cuerpo. Porque es TUYO.

¿Cómo? Bañándote, comiendo cosas sanas, lavándote los dientes, descansando bien por las noches, dando y recibiendo muchos besos y abrazos… porque todas esas cosas hacen que tu cuerpo esté **SANO**.

3 La tercera es: estar orgulloso de ti mismo.

¿Saben lo que significa estar orgulloso? Es sentirte bien por las cosas que sabes hacer. Por ejemplo, tú, Javier, sabes montar en bici y leer muy bien. Y tú, Marta, sabes pintar y saltar a la cuerda muy bien.

Pero también debemos sentirnos orgullosos cuando ayudamos o hacemos cosas buenas para los demás.
Marta, ayer ayudaste a tu prima pequeña a subirse al columpio.
Javier, ¿recuerdas que ayudaste a Sergio a levantarse cuando se cayó de tu bici?
¡Por todo ese tipo de cosas que hacen, tienen que sentirse orgullosos de ustedes mismos!

 **El cuarto punto es muy importante: ¡no tienes que dejar que nadie te diga palabras feas!**

—Pues a mí, a veces, en el patio, algún niño me ha dicho que soy tonto o que no sé jugar bien y me quedo triste —le dijo Javier a su mamá.

—Sí, mamá, a mí Sara me dijo que no podía jugar porque era un bebé —le contó Marta.

—Tú piensa que esas palabras feas **SE TRANSFORMAN** en un líquido verde y pegajoso como un moco gigante. **UHHHHH**…

Si nos quedamos tristes escuchando esas palabras, ese **MOCO** caerá encima de nosotros… **PERO**…

Si le decimos «¡No me importa! ¡No te escucho!» a esa persona y nos **MARCHAMOS**, el **MOCO** caerá al suelo. Así que es mejor marcharse y buscar a otro amigo con el que nos la pasamos bien, para que el moco no nos caiga encima y así, además, no consigan quitarnos nuestra sonrisa.

Ustedes deciden si se quedan a que el moco les caiga encima o si se marchan.

—Pues yo me marcho, porque yo no quiero que el moco me caiga encima —dijo Javier rápidamente.

—¡Yo tampoco! —añadió Marta.

5 Y la última la podemos hacer juntos

Cada noche, antes de ir a dormir, recuerda todo aquello que te hace sentir bien del día, de lo que te sientes orgulloso, las cosas buenas y divertidas que hayas hecho.

Así te irás a dormir siempre contento y dormirás mucho mejor.

Así que recuerda: quererse a uno mismo
es tan importante como querer a los demás.

«Quiérete mucho, como la trucha al trucho.»

FIN

3. EMPATÍA

Conceptos a transmitir

La **EMPATÍA** es ponerse en la piel del otro antes de decir o hacer algo. La **REGLA DE ORO** de tratar a los demás como te gustaría que te trataran a ti es un buen hábito a potenciar.

DOS CARAS DE UNA MONEDA. Igual que nos preocupamos de que a nuestros hijos no les hagan daño ni sean crueles con ellos, también es importante que nos preocupemos de que ellos no sean los que hagan daño ni sean crueles con los demás. Porque a veces, no son ellos directamente los que lo hacen, pero sí son testigos de este tipo de comportamientos y, por miedo a no sentirse excluidos, no dicen nada. Haciéndoles entender cómo se sienten las personas que son objeto de burla, podemos explicarles que no hay que reírse o burlarse de los demás sólo porque otros lo hacen.

Zapatitos mágicos

CUENTO SOBRE LA
EMPATÍA

Ana y Martina son amigas desde muy pequeñitas.
Siempre se la pasaban muy bien jugando juntas,
compartiendo sus juguetes y riéndose mucho.

Ahora son más grandes y les sigue encantando pasar el tiempo juntas. Van a la misma escuela, siguen jugando juntas y riéndose mucho a la hora del recreo.

Pero un día Martina fue a clase con unos lentes nuevos y Ana empezó a reírse de ella. A Martina le había costado salir de casa esa mañana porque le daba un poco de vergüenza ir con sus lentes y no sabía si le dirían algo en la escuela. Así que, cuando Ana se rio de ella, Martina se sintió mal.

Otro día, Martina fue a la escuela con el cabello muy cortito porque se lo había cortado su madre.

Ana, nada más de verla, se empezó a reír de ella y le dijo que no se veía bonita con el cabello así. A Martina le dolió mucho que su amiga se burlara de ella y le dieron ganas de llorar, pero no se atrevió a decirle nada porque no quería que Ana dejara de jugar con ella.

En otra ocasión, Ana fue a la escuela con una pulsera nueva muy bonita, que también llevaban otras niñas. A Martina le parecía muy linda y le dijo lo mucho que le gustaba. Pero Ana empezó a decirle en tono de burla: «Tú no tienes una». Ese día, Martina se fue a casa muy triste. A pesar de que eran amigas, últimamente Ana no dejaba de hacerla sentir mal.

Al notar la cara triste de Martina en los últimos días, su profesora decidió explicar a toda la clase una nueva palabra: **EMPATÍA**.

Ellas nunca la habían escuchado antes. La profesora les explicó su significado: **EMPATÍA** es tener en cuenta los sentimientos de los demás, ponerse en el lugar del otro, ponernos en su piel. A Ana y Martina les pareció un poco complicado, no acabaron de entenderlo. Al ver sus caras de confusión, su profesora les dijo que iban a hacer un juego para poder entenderlo mejor: el juego de los **ZAPATITOS MÁGICOS**.

—Ana, Martina, cambien los zapatos, por favor —les dijo su profesora. Ellas se miraron y se rieron, así que la profesora lo volvió a repetir—: Por favor, cámbiense los zapatos —las dos, sin entender todavía en qué consistía el juego, empezaron a quitarse los zapatos.

Pero, de repente, en cuanto Ana se abrochó los zapatos de Martina y Martina los de Ana, empezaron a notar un cosquilleo raro por sus pies, luego sus piernas y finalmente **POR TODO SU CUERPO. ¡ZAS!, ¡PUM!, ¡ZAS!**

¡De repente, ambas se miraron y vieron que se habían intercambiado!

¡Ahora Ana tenía el cabello corto y usaba lentes como Martina!
¡Y Martina era la que tenía el cabello largo y no usaba lentes!

La profesora les dijo que durante un día tenían que caminar en los zapatos de su amiga para averiguar qué es lo que sentía ella, y así entenderían lo que significa sentir empatía por otra persona.

Ese día, a la hora del recreo, a Ana se le acercó una compañera de otra clase y empezó a reírse de sus lentes. Le dijo que no le quedaban bien y que se veía fea. Ana se sintió muy triste y empezó a sentir ganas de llorar.

Ese mediodía, en el comedor, un niño le tocó el cabello y, riéndose de ella, le dijo que era demasiado corto y que parecía un chico. Luego, otros niños de al lado empezaron a reírse también. Ana se volvió a sentir muy muy mal.

Ese día, de camino a casa, Ana se sentía bastante mal; no había tenido un buen día. Nunca se habían reído de ella o le habían dicho cosas feas. Pero, además, se dio cuenta de que esas cosas que la habían hecho sentir tan mal eran exactamente las mismas cosas que ella le había dicho a Martina unos días atrás.

Al llegar a casa, le pidió a su mamá que la dejara llamar a Martina porque quería pedirle perdón, porque no se había dado cuenta antes, cuando se había reído de ella, de que Martina se debió sentir igual de mal que ella ahora.

Ana le pidió perdón a Martina y le prometió que no volvería a decirle nada sin antes pensar bien si la podría hacer sentir mal. Y en ese justo momento en que ella entendió lo que significa la palabra **EMPATÍA**, Ana volvió a sentir ese cosquilleo por sus pies y por **TODO SU CUERPO** y ¡ZAS!, ¡PUM!, ¡ZAS!, volvió a ser ella misma, con su cabello largo, sin lentes y con su pulsera.

Al día siguiente, cuando se vieron en clase, las dos se dieron un abrazo muy fuerte. Ambas se prometieron que no volverían a reírse la una de la otra, ni de nadie más, sólo por el hecho de que fuera diferente a ellas.

Tener **EMPATÍA** significa ponerse en el lugar de los demás, «caminar en sus zapatos».

No hay que olvidar tratar a los demás como te gusta que te traten a ti.

Recuerda que **TÚ DECIDES** cómo tratas a los demás.

FIN

4. AGRADECIMIENTO

Conceptos a transmitir

Dar las **gracias**, además de ser un signo de «buenos modales», implica agradecimiento. Es una buena costumbre que los niños no sólo den las gracias cuando reciben un regalo o un caramelo, sino que también aprendan a **VALORAR** y estar agradecidos por:

1. **Las personas que tienen a su alrededor,** porque los cuidan y los quieren.

2. **Las cosas buenas que les pasan.** Por ejemplo, dar las gracias por tener un día soleado, por un día divertido en la playa, por la lluvia, por poder saltar en los charcos, por poder ir al parque y pasar una tarde divertida, etcétera. De esta forma irán adquiriendo el hábito de estar agradecidos por las cosas buenas cotidianas que ocurren en su vida.

3. **Las cosas que ya tienen.** Estar agradecidos por las cosas que ya tienen, es decir, valorarlas, es un hábito fundamental para ser positivo. Es normal que los niños pidan cosas que ven a su alrededor, pero deben entender que no siempre se pueden comprar. Éste es el tipo de agradecimiento sobre el que trata este cuento.

El hada de la suerte

CUENTO SOBRE EL
AGRADECIMIENTO

Jorge fue a jugar a casa de Manuel y se trajo su camión nuevo para enseñárselo.

Manuel también tiene un camión, aunque es más pequeño y no hace ruidos como el de Jorge. Así que Manuel, en vez de jugar con Jorge, muestra su enojo y le repite a su madre que él quiere un camión como el de Jorge.

—No quiero jugar más con el mío porque es muy aburrido —le dice.

Al día siguiente, Manuel está jugando en el parque con su amigo Pepe. Pero cuando Manuel se cansa de jugar con su camión, se enoja y le dice a su madre que él lo que quiere es un avión como el de su amigo.

Manuel no quiere jugar ni con su camión ni tampoco con Pepe. Manuel se queda de brazos cruzados un buen rato sin querer jugar con nada.

Esa tarde, al volver del parque y de camino a casa, Manuel y su mamá pasan por una tienda para comprar algunas cosas.

Dentro de la tienda, Manuel ve una revista con un dinosaurio dentro.

—¡Mamá, mamá! Quiero ese dinosaurio.

Pero su madre le responde que él ya tiene muchos dinosaurios y que, cuando lleguen a casa, podrá jugar con ellos.

Manuel insiste en que quiere ése, que no es como los suyos.

—¡Yo quiero ese dinosaurio! —repite Manuel e intenta jalar el brazo de su madre para poder volver a la tienda, pero no lo consigue.

A pesar de tener muchos juguetes divertidos en casa, Manuel **NO** quiere jugar con ninguno de ellos.

Él se sienta con los brazos cruzados y claramente enojado, pensando en el camión, el avión y el dinosaurio que no tiene.

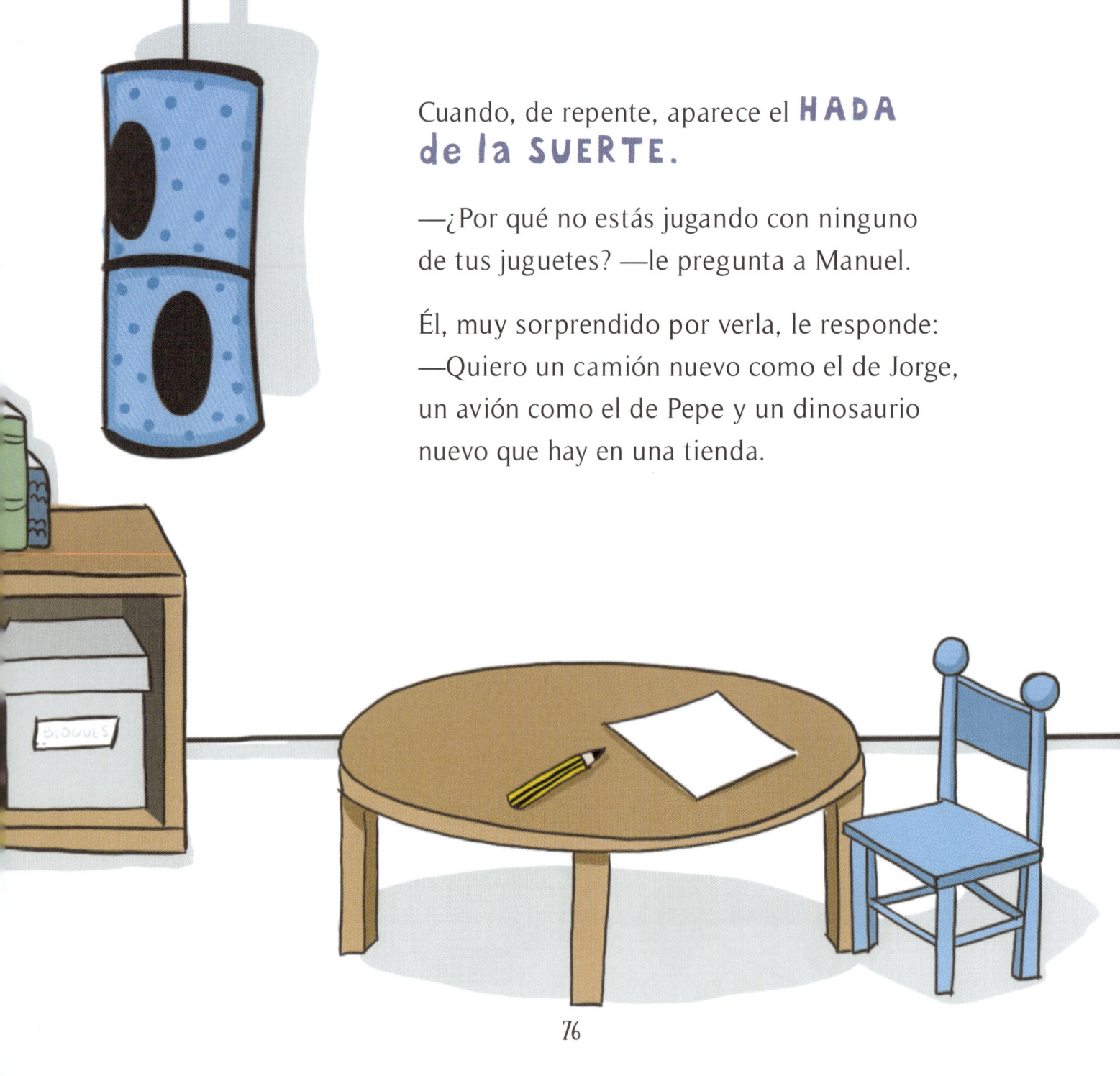

Cuando, de repente, aparece el **HADA de la SUERTE.**

—¿Por qué no estás jugando con ninguno de tus juguetes? —le pregunta a Manuel.

Él, muy sorprendido por verla, le responde: —Quiero un camión nuevo como el de Jorge, un avión como el de Pepe y un dinosaurio nuevo que hay en una tienda.

Entonces, el **HADA** de la **SUERTE** le explica que es mejor estar **CONTENTO** por tener la suerte de tener los juguetes que ya tiene, que estar triste por los que **NO** tiene.

Pero Manuel no quiere escucharla, él prefiere seguir enojado.

Unos minutos más tarde, el **HADA REVOLTOSA** visita a Manuel:

—He oído que aquí hay un niño que **NO** está contento con sus juguetes… Eres tú, Manuel, ¿verdad? Si no quieres jugar con tus juguetes, no te importará que los hechice para que no los puedas tocar.

Manuel no entiende muy bien a qué se refiere esta hada, pero antes de que pueda preguntarle nada, **¡ZAS!**

TODOS los juguetes de Manuel quedan hechizados.

—¡Espera, espera! —grita Manuel, pero es demasiado tarde. ¡No lo puede creer! ¡Todos los juguetes están hechizados y no los puede ni tocar ni agarrar! ¡Ahora no puede jugar con nada!

Manuel se queda muy triste y echa de menos su camión, sus dinosaurios y todos sus otros juguetes.

Al oír que Manuel está llorando, el **HADA DE LA SUERTE** vuelve y le pregunta:

—¿Por qué estás llorando?

—El Hada Revoltosa hizo **¡ZAS!** y de repente hechizó todos mis juguetes y ahora ya no puedo jugar con ellos —responde Manuel.

—No estar contento con lo que uno tiene es como no tenerlo —le dijo a Manuel—. Es normal querer cosas nuevas, pero no hay que quedarse triste por no conseguirlo. Tú eliges si estás contento con lo que tienes o triste por lo que no tienes. ¿Tú qué prefieres, Manuel?

—Yo sí quiero estar contento con lo que tengo.

—Muy bien, porque sólo así, cuando te des cuenta de la suerte que tienes de tener todas tus cosas, puedo deshacer el hechizo del Hada Piruja.

Y entonces el **HADA DE LA SUERTE** agita su varita mágica y deshace el hechizo.

—Recuerda, Manuel —le dice el **HADA DE LA SUERTE** antes de irse—, que es normal querer cosas nuevas a veces, pero **NUNCA** olvides la suerte que tienes por tener lo que ya tienes.

Manuel le promete que va a estar contento porque ahora entiende la **SUERTE** que tiene por tener sus juguetes.

Y esa noche se lleva a la cama su camión porque, aunque no hace ruido ni tiene luces, ¡es su camión favorito!

¿Qué prefieres: estar contento por las cosas que tienes o estar triste pensando en lo que no tienes?
TÚ DECIDES.

FIN

5. CONFIANZA EN UNO MISMO

Conceptos a transmitir

Tener confianza en uno mismo es una **ACTITUD**. La manera en que nos enfrentamos a las adversidades influye mucho en el resultado final. Pensando que somos capaces de conseguir algo, en vez de dudar de nosotros mismos, tendremos muchas más probabilidades de superar esas dificultades. Y esa actitud es nuestra elección.

Es importante también **perder el miedo al fracaso**. Es normal que haya cosas que no salen a la primera ni a la segunda. Eso no significa que no seamos capaces de hacerlas, sino que debemos esforzarnos más para conseguirlo. Es bueno tener el hábito de volverse a levantar después de «caer» desde muy pequeñito.

Que nuestros hijos tengan **confianza** para afrontar sus «pequeños retos diarios» es fundamental para que tengan la confianza de afrontar retos más grandes en el futuro.

Rayos de sol

CUENTO SOBRE LA
CONFIANZA EN UNO MISMO

A Miguel a veces le costaba amarrarse las agujetas porque se confundía un poco con ellas. Eso le daba mucho coraje y le decía a su madre: «no puedo, no puedo».

Su amiga Sara también se enojaba cuando se caía de la bici. Ella también repetía: «no puedo, no puedo». Le decía a su padre que no sabía montar en bici y que no quería volver a subirse.

Otras veces, Miguel intentaba hacer una tarea, pero no le salía bien. Así que se enojaba y repetía: «no puedo, no puedo».

A Sara le gustaba mucho jugar basquetbol, pero no siempre le salía bien. Algunos días le costaba más encestar el balón. Sara se ponía triste y le decía a su entrenador: «no puedo, no puedo».

De repente, un día en que Miguel empezó a decir «no puedo, no puedo» porque le estaba costando hacer un problema de matemáticas, apareció una nube gris encima de él y dejó caer unas pequeñas gotitas de agua.

Y lo mismo le ocurrió a Sara cuando intentaba saltar la cuerda. En el mismo instante en que dijo «No puedo, no puedo», apareció una nube encima de ella y le empezaron a caer gotas.

¡Sara y Miguel no podían creer lo que estaba pasando!

En el parque, Miguel intentó subirse al pasamanos igual que su amigo Pablo, pero no le salía. En cuanto empezó a decir «no puedo, no puedo», ¡volvió la nube gris!

A Sara no le salía un dibujo como ella quería. De nuevo, se puso a decir «no puedo, no puedo» y empezó a rayar el dibujo que estaba haciendo. Justo entonces apareció la nube encima de ella.

Cada vez que a Miguel y a Sara no les salía algo y decían «no puedo, no puedo», ¡volvía la nube gris!

Esa noche los dos tuvieron un sueño muy especial.

El SOL apareció en sus sueños y les susurró que si en vez de decir «no puedo, no puedo», decían **«SÍ PUEDO»**, el sol se pondría encima de ellos y les mandaría unos rayos con una fuerza especial para ayudarlos a conseguir lo que se propusieran.

Les dijo que aunque no lo consiguieran a la primera, ni a la segunda, o incluso aunque tardaran días en conseguirlo, tenían que seguir **INTENTÁNDOLO** todas las veces que hiciera falta, repitiendo: «¡sí puedo, sí puedo!».

Porque si **SIGUEN INTENTÁNDOLO**, el **SOL** se colocará encima de ellos para iluminarlos y ayudarlos con la fuerza de sus rayos.
Y además así evitarán que la **NUBE** gris se ponga sobre ellos.

A la mañana siguiente, Miguel tomó el yoyo de su hermano mayor. Había visto cómo lo usaba y parecía fácil, pero cuando él lo intentó, el yoyo no volvía a subir.

Miguel empezó a decir «no pu…», pero rápidamente se acordó del sueño que había tenido y se puso a repetir: «sí puedo, sí puedo». No le salió a la primera, ni a la segunda, de hecho tuvo que estar un buen rato practicando. Miguel siguió repitiéndose a sí mismo cada vez que lo intentaba: **«SÍ puedo»**.

Y después de un rato, logró que el yoyo volviera a subir.

¡Por fin lo había conseguido!

Fue corriendo a contárselo a su mamá:
—Mamá, mamá, ¡ya sé cómo funciona el yoyo!
No dije **«No puedo»** y **NO** vino
la nube, vino el sol que me ayudó
a practicar hasta que me salió.

Su mamá, orgullosa de él,
le dio un abrazo muy fuerte.

Sara tiene unos patines nuevos que le trajeron los Reyes Magos. Le da un poco de miedo estrenarlos porque nunca ha patinado.

Hoy decidió que los probará. Así que se pone su casco, sus rodilleras y empieza a patinar con la ayuda de su papá, que la sujeta de los brazos. Pero cuando patina sola, Sara se cae. Y así dos, tres y cuatro veces, cada vez que su padre la suelta, Sara se cae.

Sara, sintiéndose desanimada, le empieza a decir a su padre «es que **NO** pu...», pero no termina la frase porque se acuerda de lo que el **SOL** le había dicho en sus sueños. Así que comienza a decir **«SÍ puedo»**, **«SÍ puedo»**. De momento sigue cayéndose, pero después de intentarlo unas diez veces repitiendo «**SÍ** puedo», Sara por fin consigue patinar sola.

—¿Ves, papá? **¡SÍ puedo de verdad!** —le dijo mientras se daban un abrazo muy grande.

¡Ahora Sara y Miguel nunca dicen «**NO PUEDO**» porque saben que, si dicen eso, sale la **NUBE GRIS** y seguro no lo consiguen! ¡En cambio, pensando y diciendo **SÍ PUEDO**, la fuerza y magia del **SOL** los ilumina y pueden conseguir todo lo que se propongan! A veces a la primera o a la segunda; otras practicando mucho, y otras pidiendo ayuda, pero al final, siempre lo **CONSIGUEN.**

¡Y cuando lo consiguen, se sienten muy orgullosos de sí mismos y eso les hace sentir muy bien!

Cuando vayas a intentar hacer algo, ¿qué prefieres:
que venga la nube gris o el sol con sus rayos para ayudarte?
¿Vas a decir «**NO puedo**» o «**SÍ puedo**»?
TÚ DECIDES.

FIN

6. GESTIONAR LA FRUSTRACIÓN

Conceptos a transmitir

La **frustración** es una emoción con la que tendremos que lidiar muchísimas veces en nuestra vida. Cómo lo hagamos es clave para nuestra felicidad.

Podemos diferenciar entre 2 tipos de frustraciones:

- **A. CUANDO LAS COSAS NO SON COMO QUEREMOS Y, ADEMÁS, NO LAS PODEMOS CAMBIAR:** No podemos deshacer lo que ha sucedido o no se puede hacer lo que queremos porque no está permitido. Este tipo de frustración es la que se trata en este cuento.

- **B. CUANDO LAS COSAS NO SON COMO QUEREMOS, PERO SÍ ESTÁ EN NUESTRAS MANOS CAMBIARLAS**. Ésta es la «frustración» por falta de confianza en uno mismo (ver cuento anterior, *Rayos de sol*).

No hay emociones buenas ni malas, la cuestión es qué hacemos con ellas. Cuando las cosas no son como queremos y no las podemos cambiar, **SÍ** podemos **DECIDIR** cómo reaccionar ante ellas.

La pelota roja

CUENTO SOBRE LA
FRUSTRACIÓN

A veces las cosas no son como queremos…

Como cuando se nos **CAE** un helado y, por mucho que nos enojemos, no lo podemos recoger del suelo para comérnoslo.

O como cuando **NO PODEMOS** ir a la alberca porque llueve y, por mucho que nos enojemos, no podemos hacer que pare de llover.

A veces las cosas no son como queremos…

Como cuando **NO NOS GUSTA** el regalo sorpresa que nos tocó y, por mucho que nos enojemos, como ya está abierto, no lo podemos cambiar.

O como cuando se nos **REVIENTA** un globo o se **ACABA** el jabón de las burbujas y, por mucho que nos enojemos, no se puede volver a inflar o a hacer más burbujas.

A veces las cosas no son como queremos…

Como cuando estamos **ABURRIDOS** y, por mucho que nos enojemos, no dejamos de estarlo.

O como cuando nos dicen que **NO** podemos comprar un caramelo en el supermercado y, por mucho que nos enojemos, no conseguimos que nos lo compren.

A veces las cosas no son como queremos...

Como cuando nos dicen que tenemos que hacer una tarea que no nos gusta y, por mucho que nos enojemos, tenemos que hacerla.

O como cuando nos dicen que tenemos que **ESPERAR** y, por mucho que nos enojemos, tenemos que esperar igualmente.

Es normal que nos enojemos. Todos nos molestamos a veces.

Pero el enojo es como una pelota roja que tenemos dentro de nosotros. Si seguimos molestos mucho rato, esa pelota se va haciendo más y más grande.

Y, si ocurre eso, todo ese tiempo lo podríamos estar usando para buscar una **SOLUCIÓN** o una **ALTERNATIVA**.

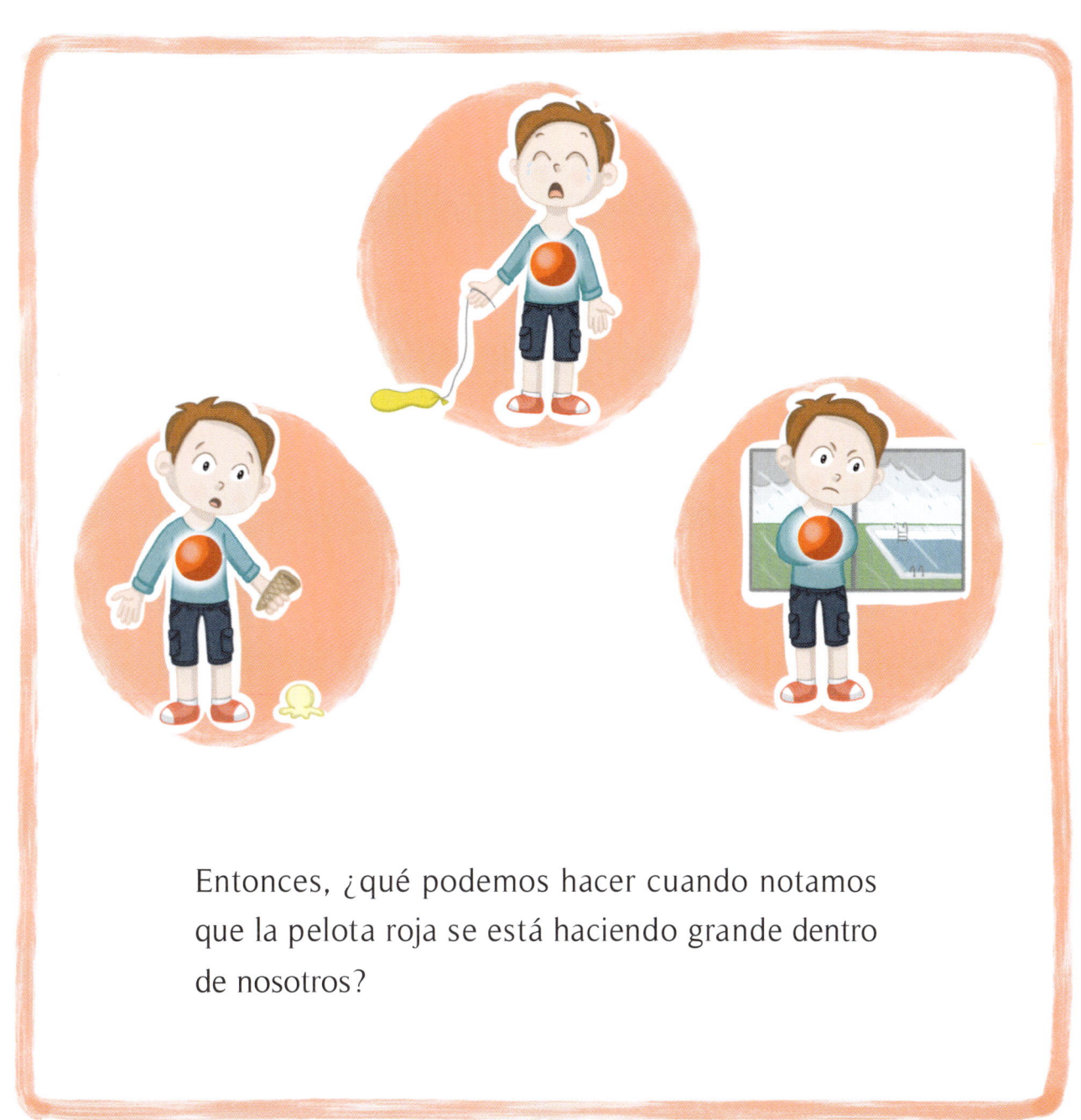

Entonces, ¿qué podemos hacer cuando notamos que la pelota roja se está haciendo grande dentro de nosotros?

RESPIRAR

Porque respirando conseguimos calmarnos.
Porque respirando conseguimos que se nos pase el enojo.

Porque respirando controlamos esa pelota roja
(en vez de ella a nosotros).

¿CÓMO?

Cada vez que respiramos, la pelota cambia de color y se hace un poco más pequeña.

Respira y la pelota **ROJA** se vuelve más pequeña y de color **NARANJA**, respira de nuevo y se vuelve otra vez más pequeña y **AMARILLA**, una vez más y se vuelve **VERDE**, y luego **AZUL**. Al final, si has respirado 5 o 6 veces, consigues que la pelota sea ya muy pequeñita y de color **LILA**, que es el color de la calma.

Notarás que tu enojo se va y te sentirás mejor.

Piensa en los colores del arcoiris. La pelota roja va pasando por cada color cada vez que respiramos hasta llegar al lila, que es cuando empiezas a sentirte más tranquilo.

No siempre es fácil empezar a respirar. A veces estamos tan tan tan enojados que no queremos ponernos a respirar.

Por eso hay que intentar **RECORDAR** que **VALE LA PENA CALMARSE**, porque estando un poco más tranquilos, entonces podemos buscar una **SOLUCIÓN** o **ALTERNATIVA**.

¿Y QUÉ ES UNA ALTERNATIVA? Preguntarán.

Ponernos a hacer otra actividad que, aunque no sea exactamente lo que queríamos, nos ayude a sentirnos mejor. Por ejemplo, hacer algo que nos guste mucho, como pintar, jugar a la lotería, abrazar nuestro peluche favorito, hacer un rompecabezas, **TÚ ELIGES**.

No es malo enojarse, pero a veces, por mucho que nos molestemos, no podemos cambiar las cosas que no son como queremos. Pero sí podemos decidir qué hacemos con la pelota roja que nos crece dentro.

Tú decides si dejas que se vaya haciendo más grande o si empiezas a respirar.

Nosotros somos los únicos que podemos controlar nuestra pelota roja.

¿Qué prefieres: quedarte mucho rato con esa pelota roja dentro de ti o respirar y calmarte para poder ir a hacer otra cosa que te haga sentir mejor?

TÚ DECIDES.

FIN

y para terminar...

1. El efecto espejo

> No nos preocupemos de que nuestros hijos no nos escuchen, preocupémonos porque siempre nos están observando.
>
> Robert Fulghum

Nuestros hijos aprenden más por lo que nos ven **HACER** que por lo que nos escuchan **DECIR**. Si queremos que nuestros hijos sean felices (ahora y de grandes) es importante que nos vean ser felices. Estar de buen humor, ser positivo, tener un tono de voz y un lenguaje positivos, o cómo reaccionamos ante un problema, cómo gestionamos nuestra frustración, la frecuencia con la que nos reímos... Ellos observan todo esto y lo aprenden.

¡OJO! No podemos estar siempre contentos, no somos robots ni perfectos. Somos humanos y a veces nos gana el cansancio, la preocupación, el enojo, incluso la rabia, pero igual que les decimos a ellos en estos cuentos que es decisión suya **«ELEGIR»** estar contentos, también nosotros debemos **«ELEGIR EL LADO POSITIVO»** en la medida que nos sea posible. Nadie dijo que este «trabajo» fuera fácil. ¡Ánimo!

2. La lámpara del genio

A mis hijos les di muchísimos «bracitos» y estoy convencida de que todo ese contacto físico fue muy positivo, tanto para ellos como para mí.

Pero me fui dando cuenta de que a medida que comenzaron a ser más autónomos (caminaban, corrían, jugaban, etc.) ese contacto físico disminuía. Claro que les daba besos y abrazos, pero el contacto era menor que cuando eran más pequeñitos. Y no porque no lo necesitaran (¡o yo!), sino por las prisas del día a día.

Al planteármelo, decidí buscar momentos para consentirlos sentándolos en mi regazo y frotándoles la espalda como si de la lámpara de un genio se tratara, además de darles besos y apapachos. Enseguida noté el cambio: nuestra forma de relacionarnos mejoró y disfrutamos muchísimo de esos momentos.

Ahora, cuando alguno de ellos está un poco más «nervioso», mi marido y yo nos miramos y decimos que «necesita que le frotemos más la lámpara». Muchas veces con una **«DOSIS» EXTRA DE CARIÑO, MIMOS Y ATENCIÓN** consigues más que con cualquier otro método.

3. Escucharlos

Para potenciar la autoestima de un niño es fundamental que se sienta escuchado y que cuando lo escuchemos sea sin distracciones (sobre todo sin celulares en mano).

Muchas veces nos quejamos de que **NO** nos cuentan cosas cuando les preguntamos directamente: ¿Qué tal te fue en la escuela? ¿Te pasa algo? Pero a lo mejor, en ese momento, ellos no quieren o no les nace contarnos las cosas.

Por eso hay que **detenerse a escuchar** cuando ellos sí están platicadores. Si se sienten escuchados y se sienten cómodos, primero empezarán a contarnos lo que parece una simple anécdota, para a continuación contarnos algo que realmente les preocupa o les haya molestado. De no ser por ese momento de «conexión» (al darles toda nuestra atención), seguramente no nos hubieran contado aquello que les preocupaba por mucho que se lo hubiéramos preguntado antes.

Igual que a veces ponemos el celular en silencio porque estamos en una reunión o porque estamos con nuestro jefe, nuestros hijos también se merecen ratitos en los que **TENGAN TODA NUESTRA ATENCIÓN**. No es lo mismo oír que escuchar.

4. Prepararlos

Desde el momento en que nace tu hijo, nace un amor incondicional por él. Como dice mi madre (y decía mi abuela), por él estarías dispuesto a dar tu dedo meñique (o cualquiera de ellos) si con eso evitaras que le pasara algo.

Pero en la vida hay momentos difíciles y no siempre estaremos a su lado para ayudarlos. **NO** les podremos EVITAR ciertas situaciones, pero sí podemos «**PREPARARLOS**» para ellas.

Estos cuentos sirven para ayudarlos a adquirir hábitos positivos, para que el día de mañana puedan afrontar los problemas de la mejor manera posible: con **confianza**, **optimismo** y sabiendo que cuentan con todo **nuestro apoyo**.

5. Tú decides

Nuestros hijos deben comprender que son ellos los que tienen las riendas de su vida y que deben decidir cómo afrontar los retos. Es por ello que todos los cuentos acaban con la misma frase: **TÚ DECIDES**.

El día de mañana tendrán que decidir con qué actitud afrontar las adversidades. Sólo nosotros podemos decidir si somos positivos o negativos.

TÚ DECIDES

Lo que **DICES**
Lo que **PIENSAS**
Lo que **ESCUCHAS**
Lo que **HACES**

«Una autoestima sana es la armadura que protegerá a tu hijo frente a los desafíos de la vida».

KidsHealth.org

6 CUENTOS · 6 CONCEPTOS

LENGUAJE POSITIVO

QUERERSE A UNO MISMO

EMPATÍA

AGRADECIMIENTO

CONFIANZA EN UNO MISMO

FRUSTRACIÓN

De grande quiero ser feliz de Anna Morató García
se terminó de imprimir en septiembre de 2022
en los talleres de
Litográfica Ingramex, S.A. de C.V.,
Centeno 162-1, Col. Granjas Esmeralda, C.P. 09810,
Ciudad de México.